Coordination éditoriale et adaptation typographique : Pascale Ogée
© 1999 Les éditions du Carrousel/Media Serges, pour l'édition française, Paris
Loi n°49-956 du 16 juillet 1949 sur les publications destinées à la jeunesse
Production & © Rainbow Grafics Intl-Baronian Books 63 rue Charles Legrelle 1040 Brussels Belgium
ISBN 2-7456-0324-8   Tous droits réservés
Imprimé à Singapour

Pascal Lemaître

Le secret de Zelda

Les Éditions du
Carrousel

Zelda a un SECRET...
un secret si important qu'elle a besoin
de le partager avec Nina, sa meilleure amie.
– Tu es ma meilleure amie, Nina, tu es
la seule à qui je puis confier mon secret.
Tu ne diras mon secret à personne, promis?

Et Nina de s'exclamer :
– Mais bien sûr, Zelda, je te le promets !
– Voilà ! dit Zelda. Plus tard,
je voudrais devenir danseuse étoile.

Mais Nina est incapable de tenir sa promesse
et elle a tôt fait d'aller voir Nono,
le rhinocéros,
pour lui rapporter le secret de Zelda.
– Cela reste entre nous, je compte sur toi, Nono !

Et Nono de s'exclamer :
– Évidemment que cela reste entre nous.
Un secret est un secret !

Cependant,
alors qu'il joue au poker
avec Lulu et Lili,
Nono lance tout à coup,
histoire de déconcentrer
ses adversaires :
– Dites donc, j'ai un secret
à vous confier mais, chut !
Attention, vous n'en
soufflez mot à personne !
– Et les autres de
s'exclamer :
– Quelle idée !
Tu nous connais !
Nous sommes
la discrétion même !

À leur tour toutefois, Lulu et Lili
s'en vont très vite colporter le fameux secret
aux singes de la savane.
Et les singes de s'exclamer :
– Qu'est-ce qu'on s'amuse
à écouter un secret secrètissime !

Et patatra ! Voilà que
les perroquets répandent
à tue-tête le secret
de Zelda et crient :

– On connaît le secret de Zelda,
on connaît son secret !
Tout en larmes, Zelda court se réfugier au cœur
de la forêt où elle rencontre Père Hibou.

– Tout le monde connaît mon secret,
c'est terrible !
Et Père Hibou, ému, de s'exclamer :
– Cela ne se passera pas comme ça !
Attends que la nuit tombe...

La nuit venue, Père Hibou s'adresse aux étoiles
et met au point un tour de magie...
dont il a le secret : *Oûûû ! Oûûû ! Abracadabra !*

Et Père Hibou de s'exclamer, le lendemain matin :
– Cela vous apprendra à garder un secret,
bande de langues pendues !

À présent, essayez seulement de parler !

Zelda n'en peut plus de se tordre de rire.
– Ah, quel spectacle ! Si je m'y attendais !

Père Hibou est furieux.
– Ah non, Zelda, ça suffit ! Tu es une méchante
vilaine fille et tu mérites une fessée !
Tu voulais devenir danseuse étoile ?
Eh bien, au travail, ma fille !

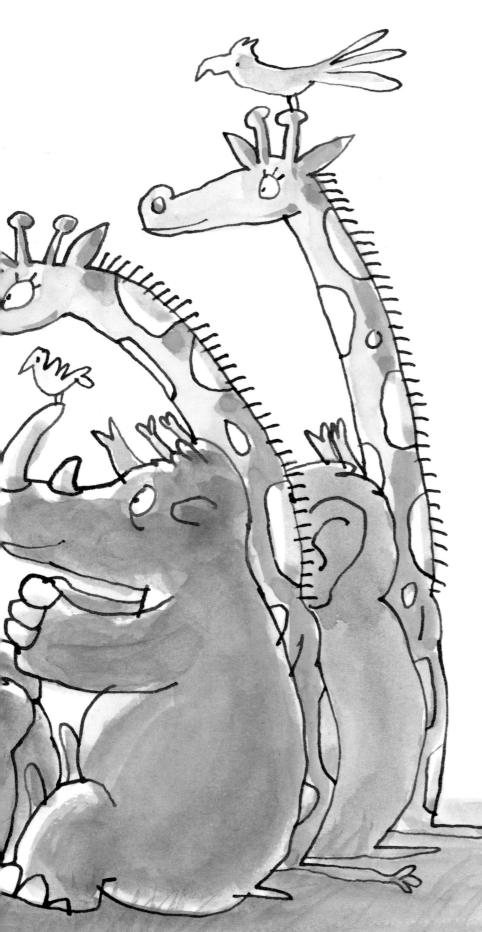

Des mois plus tard…
– J'ai le privilège
de vous présenter
Miss Zelda,
prima ballerina !
dit Père Hibou,
devenu entre-temps
le dynamique
directeur du JMB.

Les amis de Zelda
étaient si fiers
de fréquenter
une si grande star.

N.B. Pour ceux qui ne le
sauraient peut-être pas,
le JMB est l'abréviation du
Jungle Metropolitan Ballet !

– Je suis si émue de vous voir
avant mon départ en tournée !
Je vous enverrai des cartes postales
de Tokyo, New York, Londres, Madrid...
– Vite ! Miss Zelda ! criait l'habilleuse.
Le paquebot nous attend !